MÉMOIRE

A CONSULTER,

ET

CONSULTATION

POUR LES ENFANS

DE DÉFUNT

JEAN CALAS,

MARCHAND A TOULOUSE.

A PARIS,

Chez MERLIN, Libraire, à l'entrée de la rue de
la Harpe, en venant par la rue de la Bouclerie.

M. DCC. LXV.

MÉMOIRE

A CONSULTER,

POUR les Enfans de défunt JEAN
CALAS, Marchand à Toulouse.

TOUTE l'Europe est instruite du sort déplo-
rable de Jean Calas. Par Arrêt* du Parlement
de Toulouse du 9 Mars 1762 , cet infortuné
pere a été condamné au supplice de la roue,
comme atteint & convaincu du crime d'homicide
sur la personne de Marc-Antoine Calas, son fils
aîné. Il a été exécuté, & jusqu'au dernier soupir,
il n'a cessé de protester de son innocence.

 Par le même Arrêt, le Parlement avoit sur-
sis jusqu'après l'exécution, au Jugement de la
veuve Calas , de Jean-Pierre Calas, son fils, du

* Arrêt du
Parlement
de Toulouse,
du 9 Mars
1762, qui a
condamné
Calas, pere,
au dernier
supplice,

A ij

fieur Lavayffe, & de la Servante des fieur &
Dame Calas, qui tous avoient été impliqués
dans cet affreux Procès, comme complices du
prétendu meurtre de Marc-Antoine.

L'exécution n'ayant produit aucune preuve
contre ces quatre Coaccufés, & bien loin de-là,
Jean Calas ayant toujours attefté hautement
qu'ils étoient auffi innocens que lui, le Parlement a vuidé l'interlocutoire par un autre Arrêt * du 18 du même mois de Mars 1762.
Jean-Pierre Calas a été condamné au banniffe-
ment perpétuel; la veuve Calas, le fieur Lavayffe & la Servante, ont été mis hors de
Cour.

Sur la demande en caffation, formée par la
veuve Calas & fes enfans, & fur le vû des
charges, informations & procédures qui ont
été apportées au Greffe du Confeil, il eft in-
tervenu le 4 Juin 1764, un Arrêt par lequel
Sa Majefté a caffé la Sentence des Capitouls du
27 Octobre 1761, « en ce qu'en ordonnant que
» les Accufés feroient confrontés les uns aux
» autres, il n'a pas été ordonné qu'ils feroient
» récolés fur leurs interrogatoires. Ce faifant, a
» caffé les confrontations defdits Accufés, fai-
» tes fans avoir procédé préalablement à leur

» récolement. En conséquence, a caſſé l'Arrêt
» du 9 Mars 1762, enſemble celui du 18
» du même mois, & tout ce qui a ſuivi leſ-
» dits Arrêts ; a évoqué à ſoi & à ſon Con-
» ſeil le Procès-criminel jugé par leſdits Ar-
» rêts & icelui, circonſtances & dépendan-
» ces ; a renyoyé & renvoie à MM. les Maîtres
» des Requêtes de l'Hôtel au Souverain, pour
» y être ordonné & fait le récolement deſdits
» Accuſés, & enſuite être procédé à de nou-
» velles confrontations des Accuſés les uns aux
» autres, & à telles inſtructions qu'il appar-
» tiendra : pour ce fait, être ſtatué ſur ledit
» Procès. Ordonne à cet effet, que les charges
» & procédures apportées au Greffe du Conſeil,
» ſeront portées à celui deſdites Requêtes de
» l'Hôtel, même les confrontations déclarées
» nulles par le préſent Arrêt, leſquelles ſervi-
» ront de Mémoires ſeulement ».

En exécution de cet Arrêt, le Procès s'inſ-
truit actuellement au Tribunal des Requêtes de
l'Hôtel. La Dame Calas, Jean-Pierre ſon ſe-
cond fils, le ſieur Lavayſſe & la Servante, ſe
ſont mis volontairement en état dans les priſons
de la Conciergerie du Palais, où ils attendent
des lumieres de leurs Juges & de la certitude de

leur innocence, une décharge éclatante de l'affreuse accusation hazardée contre eux.

Mais quelles que puissent être les dispositions du Jugement définitif de cet important Procès, si elles se bornoient à décharger les Accusés qui restent, ce seroit une satisfaction imparfaite, qui laisseroit gémir l'innocence & triompher l'oppression.

Jean Calas est mort dans les tourmens réservés aux plus grands scélérats. Ses prétendus complices ont souffert cinq mois de la plus dure captivité : l'un d'eux a essuyé un bannissement perpétuel ; les autres mis hors de Cour, ont porté jusqu'à présent l'espece de flétrissure que cette forme de prononcer laisse après soi. Une veuve & cinq enfans demeurent privés des secours d'un mari & d'un pere, sans état, sans fortune, abandonnés à la commisération de ceux de leurs Concitoyens que leurs malheurs ont attendris.

Il n'est pas au pouvoir des hommes de réparer la perte d'un pere qu'une mort cruelle a ravi pour-jamais à sa famille. Mais il est au pouvoir de la Justice, de faire retomber sur les auteurs de cette catastrophe, la peine de leur prévention, de leur précipitation, & peut-être de leur perversité, & de procurer à des enfans, restés sans ressources, tout-le dédommagemeut possible après un tel désastre.

Ce sont les Capitouls de Toulouse, & en particulier le sieur David, l'un d'eux, qui ont instruit le Procès en premiere instance, & qui ont fait les premieres procédures. Eh l'combien ces premieres procédures n'exigeoient elles pas d'attention, de prudence, de soins & de précautions? Il s'agissoit d'un crime dont il ne pouvoit y avoir d'autres Témoins que les cinq personnes qui ont été impliquées dans l'accusation. Il étoit donc de la plus grande importance de constater sur le champ les premiers faits qui pouvoient tendre à décharge ou conviction. Si jamais les formes prescrites par les Ordonnances durent être observées, c'étoit, sans doute, dans cette affaire, où les Juges n'avoient aucun point fixe d'où ils pussent partir pour supposer personne coupable de la mort de Marc-Antoine Calas.

Cependant on va voir que le sieur David, &, après lui, les autres Capitouls ont négligé toutes les formes les plus essentielles, & que, prévenus contre la famille Calas, ils ont dirigé contre elle toutes leurs procédures, comme s'ils eussent eu d'avance la certitude qu'elle étoit coupable. C'eſt ce qu'il s'agit actuellement de développer.

1°. Le Procès-verbal ne décrit point l'état auquel le cadavre & le lieu ont été trouvés. Par-là on a dérobé aux Accuſés la preuve que les cheveux de M. A. Calas n'étoient point dérangés, ſon linge point déchiré ; qu'il y avoit dans le lieu, des chaiſes, tabourets, eſcabelles, ſieges, ballots, & autres meubles, à l'aide deſquels le défunt avoit pu s'élever pour ſe pendre lui-même, avec une corde & un billot poſé en travers ſur les deux battans de la porte, qui communique de la boutique dans le Magaſin.

2°. Le rapport du Médecin & des Chirurgiens, mandés par le ſieur David, conſtate que M. A. Calas a été pendu par lui-même ou par d'autres. Cependant on n'a fait aucune recherche de la corde & autres inſtrumens de ſa mort.

3°. Les Capitouls n'ont point conſtaté les papiers, meubles & effets, appartenans à M. A. Calas en particulier, & qui auroient pu procurer des indices ſur les véritables cauſes de ſa mort. Les Capitouls ſe ſont bornés à dire, dans le Procès-verbal, qu'il avoit été trouvé dans les poches du défunt pluſieurs *Lettres & papiers inutiles*. Si cependant les Capitouls avoient fait la defcription de ces papiers, ils y auroient trouvé entr'autres des chanfons & autres vers obfcenes, qui auroient prouvé que M. A. n'é-toit point à la veille de faire abjuration & de faire fa première Communion. Eh ! qui peut favoir quelles découvertes on auroit faites dans fes autres papiers & effets ?

4°. Les Capitouls ont affecté de ne faire aucune queftion aux Accufés tandis qu'ils étoient enco-re dans la maifon. On conçoit cependant qu'il n'y avoit aucun tems , ni aucun lieu plus propre pour s'éclaircir avec eux de la vérité du fait, & que leurs déclarations auroient dû être inférées dans le Procès-verbal & en faire partie. Ce fi-lence infidieux de la part des Capitouls a induit les Accufés en erreur, & leur a donné lieu de croire qu'ils pouvoient fans conféquence fe taire fur le genre de mort de M. A. Calas, & fauver par-là l'honneur de la famille. Car c'étoit leur grand objet, & ils n'avoient garde de penfer qu'on les foupçonnât eux-mêmes d'être coupa-bles de cette mort.

5°. Les Capitouls n'ont rien dit dans leur Procès-verbal fur la fituation des Accufés. Il eft certain cependant qu'ils étoient tous fondans en larmes , & qu'ils donnoient toutes les mar-

ques d'une vraie douleur, & en même tems d'une
affurance fupérieure à tout foupçon.

6°. Le Médecin & les Chirurgiens ont vifité
le cadavre dans la maifon, & pendant que les
Capitouls y étoient encore. Comme le fieur
David étoit parti de chez lui le 13 Octobre 1761 à onze heures & demie du foir, & que
les Chirurgiens & les Médecins n'ont été mandés qu'à minuit & demi, leur rapport eft daté
du 14 Octobre. Cependant les interrogatoires
des fix perfonnes arrêtées dans la maifon, faits
après ce rapport & l'Ordonnance de foit com-
muniqué, tant du Procès-verbal que des fix
interrogatoires, font datés du 13 ; ce qui fuppofe que le tout a été fait fur le champ & fans
déplacer, quoique le contraire foit évident.

7°. Du nombre des fix perfonnes arrêtées
dans la maifon, étoit le fieur Cazeing, Marchand à Touloufe, & fort connu. Cependant
on affure que les Capitouls, dans leur Procès-
verbal, ont affecté de le dépeindre fous la dénomination *d'une efpece d'Abbé*, comme s'ils euffent voulu donner à entendre que c'étoit un
Miniftre de la Religion Proteftante, venu ex-
près dans la maifon pour préfider au prétendu
facrifice de M. A. Calas.

8°. Aux premiers cris entendus, la porte de la maison a été ouverte, le corps a été vu, touché & trouvé froid. Aucune imputation n'a été faite à qui que ce fût. Personne n'a cherché à prendre la fuite. Il n'y avoit par conséquent ni flagrant délit, ni clameur publique. Cependant les Capitouls n'ont pas laissé de faire écrouer les cinq personnes qui s'étoient trouvées dans la maison, sans même avoir fait aucune information préalable.

9°. Le rapport du Médecin & des deux Chirurgiens constate, ainsi qu'on l'a déja dit, que M. A. Calas a été pendu *par lui-même ou par d'autres*. Ainsi ce rapport annonçoit ou le crime d'homicide ou celui de suicide. Cependant le Procureur du Roi qui a eu ce rapport sous les yeux, n'a requis l'information que des faits contenus au Procès-verbal, & non de ceux contenus au rapport, quoique ces deux pieces fussent indivisibles ; & les briefs intendits, qu'il a fournis pour interroger les Témoins, ne tendent effectivement qu'à le faire déposer sur le prétendu parricide.

10°. Les premiers actes ou il soit parlé du prétendu fait que M. A. Calas devoit abjurer, & qu'en haine de sa conversion, son pere

l'avoit étranglé , font les fix interrogatoires, ou
auditions d'office, faits dans la nuit du 13 au 14. Les
Témoins ne dépofent de ces deux faits que par
oui-dires. Ils ne donnent pour époque , au bruit
qui s'en eft répandu , que le 14. C'eft donc le
Capitoul , qui a procédé aux interrogatoires,
qui eft le véritable auteur de ce bruit, puif-
que les interrogatoires contiennent le plan de
l'accufation , quoiqu'il n'y eût alors ni dénon-
ciation , ni information; d'où il s'enfuit qu'il
a joué en même tems les rôles de dénoncia-
teur, d'inftigateur & de Juge.

11º. Il n'y a point eu de plaintes , mais feu-
lement des Mémoires qualifiés *briefs intendits*,
contenans les queftions fur lefquelles le Procureur du Roi a voulu que les Témoins dépo-
faffent , & ces queftions étoient toutes dirigées
du côté de l'homicide, fans qu'on y trouve rien
qui ait le moindre trait au fuicide, enforte que
les Témoins ont été plutôt interrogés qu'entendus.

12º. Il y a eu un écrit intitulé, *Chefs de
Monitoire*, publié à Touloufe , en vertu d'une
Ordonnance des Capitouls, & d'une Ordonnan-
ce du Vicaire-Général de M. l'Archevêque de
Touloufe, lequel écrit fuppofe par-tout le crime

de parricide, annonce une délibération des Protestans de se défaire de M. A. Calas, quoiqu'il n'y en eût pas le moindre indice dans la procédure; renferme différentes calomnies, & désigne même les personnes à ne pas s'y méprendre.

13°. Le 7 Novembre 1761, avant que le Procès fût achevé d'instruire, dans un tems par conséquent où la cause de la mort de M. A. Calas devoit être regardée au-moins comme incertaine, & quoiqu'il n'y eût rien à craindre pour la conservation du cadavre, puisqu'il avoit été embaumé & mis dans le chaux vive, en vertu de l'Ordonnance des Capitouls du 14 Novembre précédent, les Capitouls rendent une Ordonnance portant que le cadavre sera enterré dans le Cimetiere de l'Eglise de Saint Etienne, sa Paroisse. Par-là, ils ont préjugé que M. A. étoit mort Catholique & Martyr de la Religion, & ils ont donné lieu aux honneurs prématurés & excessifs rendus à sa mémoire, soit dans l'Eglise de Saint Etienne, soit dans la Chapelle des Pénitens-Blancs, soit dans l'Eglise des Cordeliers de Toulouse, honneurs qui ont animé de plus en plus le fanatisme, & qui sont devenus les avant-coureurs, & peut-être les principales causes de la condamnation de Calas pere.

Dans ces circonstances on demande si les enfans de Jean Calas sont fondés à prendre à partie les Capitouls de Toulouse, qui, par leurs mauvaises procédures, ont soustrait les preuves de l'innocence de ce malheureux pere, & ont donné lieu à la condamnation prononcée contre lui.

LE CONSEIL SOUSSIGNÉ qui a vu le présent Mémoire, ensemble un Imprimé, ayant pour titre *Chefs de Monitoire*, fournis devant les Capitouls de Toulouse par le Procureur du Roi en l'Hôtel-de-Ville, au bas duquel est l'Ordonnance des Capitouls du 17 Novembre 1761, qui permet aux Gens du Roi d'obtenir & de faire publier & afficher lesdits Chefs de Monitoire, & les autres Mémoires & Instructions fournies de la part de la Dame veuve Calas & de ses enfans.

EST D'AVIS qu'il résulte de toutes les circonstances détaillées au présent Mémoire, la preuve d'une prévention marquée de la part des Capitouls & autres Officiers de l'Hôtel-de-Ville de Toulouse, contre la famille Calas, prévention qui leur a fait négliger les formes les plus essentielles prescrites par les Ordonnan-

ces, & qui les a portés, contre leur devoir le
plus indifpenfable, à diriger toute l'inftruction
du Procès contre la famille Calas, en laiffant à
l'écart tout ce qui pouvoit tendre à fa juftifica-
tion.

Ceft un principe indubitable que les Juges &
les Officiers qui rempliffent le Miniftere public
font obligés d'inftruire les Procès-criminels à
charge & à décharge. Leur unique objet doit
être la recherche de la vérité ; & comme les
Accufés trouvent dans leur détention & dans le
fecret qui accompagne l'inftruction criminelle,
une infinité d'entraves qui les gênent dans le
foin de leur propre défenfe, il eft néceffaire que
le Miniftere public s'en occupe pour eux autant
que de leur conviction ; & que les Juges ne per-
dent jamais de vue qu'ils font, par état, les pro-
tecteurs de l'innocence, auffi-bien que les ven-
geurs du crime.

C'eft fur ces principes que l'Ordonnance de
Blois, art. CCIII, enjoint à tous Juges, En-
quêteurs, Commiffaires & autres Officiers de
Juftice d'examiner les Témoins *fur la pleine vérité du fait, tant de ce qui concerne la charge, que la
décharge des Accufés,* fur peine de nullité & des
dépens, dommages & intérêts des Parties. L'ar-

ticle X, du tit. VI, de l'Ordonnance criminelle de
1670, porte également que la déposition de cha-
cun Témoin sera rédigée à *charge ou décharge*, &
l'art. I, du tit. IV, de la même Ordonnance de
1670, enjoint aux Juges de dresser sur le champ,
& sans déplacer, Procès-verbal de tout ce qui
peut servir *pour la décharge ou conviction*. En un
mot, le Ministere public & les Juges doivent
toujours être sans intérêt & sans passion ; &
comme ils sont obligés de chercher toutes les
preuves des crimes qui sont déférés à leur vigi-
lance & à leur zèle, ils doivent recueillir avec
la même attention toutes les circonstances qui
peuvent servir à la justification de ceux qui s'en
trouvent prévenus.

D'après ces maximes, il ne s'agit plus que
d'examiner quelles étoient les circonstances de
la mort de M. A. Calas, & quelle a été la con-
duite des Capitouls.

Du côté des circonstances, le Procès-verbal
du sieur David, le rapport du Médecin &
des Chirurgiens, les réponses des Accusés
dans les interrogatoires, ne présentoient aucun
fait qui pût faire regarder les Calas comme cou-
pables. Le rapport du Médecin & des Chirurgiens indiquoit même aux Juges la route qu'ils
devoient

devoient fuivre , puifqu'après la defcription de
la marque livide qui s'eft trouvée au col du cadavre , ils en ont conclu que M. A. avoit été
pendu encore vivant *par lui-même ou par d'autres*. Il falloit donc informer également fur le
fait de l'homicide & fur celui du fuicide, &
les Capitouls n'avoient aucune raifon d'incli-
ner plutôt d'un côté que de l'autre; ils en
avoient encore bien moins de faire tomber d'a-
bord les foupçons fur un pere, une mere, un frere,
un ami, & une ancienne domeftique Catholique.

On trouve dans *Julius Clarus* (a) une efpece qui
a du rapport à celle dans laquelle fe trouvoient
les Capitouls. Ce Jurifconfulte fuppofe le cas
d'un cadavre trouvé au fond d'un puits. Il fe
peut faire , dit-il, que le défunt s'y foit précipité lui-même, ou quil y ait été précipité par
d'autres, ou qu'il y foit tombé par hazard. Dans
ce doute, le Juge doit informer , non pas comme
d'un délit , mais pour connoître la vérité du
fait , & pour favoir s'il y a véritablement un
délit , ou s'il n'y en a pas. *His cafibus Judex de-
bet omninò inquirere , & informationes affumere ;
non quidèm tanquàm de maleficio, fed ut veritatem
facti intelligat, ex quâ deinde apparere poffit an fit
delictum, vel ne.*

(a) Praĉt. crim. quæft. 4.

B

Dans l'espece , les Juges étoient nécessaire-
ment incertains , non pas à la vérité sur l'exif-
tence du délit , mais sur la question de savoir
quels étoient les auteurs du délit. Si donc ils
euffent été guidés par les vues d'équité & d'im-
partialité qui doivent toujours animer les Juges,
ils se feroient bien gardés d'inculper , dès les
premiers pas de leur procédure , Calas pere &
ceux qui s'étoient trouvés avec lui dans la maison , & ils n'auroient pas négligé , comme ils
l'ont fait , de suivre la route qui leur étoit tra-
cée , non-seulement , par le rapport du Médecin
& des Chirurgiens , mais encore par la difpofition expreffe des Ordonnances.

L'Ordonnance de 1670 , leur enjoignoit de
dreffer fur le champ , & fans déplacer , Procès-
verbal de l'état du cadavre , du lieu du délit, &
de tout ce qui pouvoit fervir à décharge ou conviction. Ils devoient pareillement faire porter
au Greffe les meubles , hardes & effets , qui
pouvoient fervir à la preuve. Il étoit , fur-tout,
important de conftater l'état extérieur du cadavre , qui auroit indiqué s'il avoit été exercé , ou
non , des violences contre lui. Il falloit auffi
conftater l'état du lieu , comme , par exemple,
s'il s'étoit trouvé des chaifes , tabourets , balles

ou ballots, à l'aide defquels le défunt avoit pu fe pendre. Il paroît que rien de tout cela n'a été fait, ce qui eft une négligence impardonnable.

Il eft peut-être encore plus impardonnable aux Capitouls de ne s'être pas faifis des papiers trouvés dans la poche de M. A. Calas, & de ceux qui auroient pu fe trouver également dans fa chambre. Ces papiers devoient être annexés au Procès-verbal, pour faire partie des pieces du Procès, & le fieur David ne pouvoit prendre fur lui, de les déclarer *inutiles*, parce que quand bien même ils auroient paru tels à la première infpection, il pouvoit arriver que dans la fuite de l'inftruction, il en réfultât, pour ou contre les Accufés, des preuves qu'il étoit impoffible de prévoir, foit fur la prétendue converfion du défunt, dont on a fait dans la fuite la bafe de l'accufation, foit fur d'autres faits importans & peut-être décififs.

La prévention des Officiers de l'Hôtel-de-Ville, paroît manifeftement, non-feulement dans les auditions d'office des Accufés, mais encore plus dans l'Ordonnance, qui portent que les cinq perfonnes qui s'étoient trouvées dans la maifon, feroient écrouées. Cette Ordonnance a tenu lieu de décret de prife de corps, & il eft difficile de concevoir fur quoi elle eft fondée, puifqu'il n'y avoit eu alors aucune information, & qu'il ne réfultoit du Procès-verbal du fieur David, ni des auditions d'office, aucun fait qui fût à leur charge. Dans ces circonftances, l'écroue de cinq perfonnes domiciliées, & que leur proximité & leur liaifon avec le défunt, mettoient naturellement à l'abri de tout foupçon, fans qu'il y eût aucune charge contre eux, ne peut être regardée que comme une infulte grave & un attentat à la liberté des Sujets du Roi.

Dans les briefs intendits du Procureur du Roi, qui ont tenu lieu de plainte, & fur lefquels il a été procédé aux informations, il eft étonnant que d'après le rapport du Médecin & des Chirurgiens, qui préfentoit d'un côté l'idée de l'homicide, & de l'autre celle du fuicide, le Procureur du Roi n'ait propofé d'autre queftion à faire aux Témoins, que fur le fait du prétendu homicide, & qu'il n'ait fait aucune diligence, ni aucune efpece de procédure, pour conftater le fuicide & pour en pourfuivre la vengeance fur la mémoire du défunt.

On obferve d'ailleurs que l'ufage de ces briefs intendits, eft par lui-même une procédure ir-

réguliere. Les Témoins ne doivent point être
interrogés. Cependant les briefs intendits du
Procureur du Roi, en l'Hôtel-de-Ville, ne
confistoient qu'en des queftions à faire aux Témoins; queftions qui les induifoient naturellement à répondre conformément à la prévention qu'elles étoient capables de leur infpirer,
& qui leur ôtoient même tout lieu de dépofer
fur les faits concernans le fuicide, en fuppofant
qu'ils en euffent quelque connoiffance. En vain
diroit-on que c'eft l'ufage qui s'obferve à Touloufe. Si c'eft un ufage, il eft abufif, & l'abus
ne peut jamais être autorifé par quelque laps de
tems que ce foit.

Le Monitoire publié à Touloufe, fournit une
nouvelle preuve bien convaincante de l'ex-
trême prévention des Capitouls. Le crime d'homicide y eft fuppofé par-tout, comme conftant &
indubitable. Il n'y a pas un feul article qui tende
à la preuve du fuicide indiqué par le rapport
du Médecin & des Chirurgiens, & l'on y re-
marque plufieurs faits qui ne peuvent avoir été
imaginés que par les auteurs de ce Monitoire
eux-mêmes. Telle eft la prétendue délibération
des Proteftans dans une maifon de la paroiffe
de la Daurade; telle eft l'imputation faite à la

Dame Calas, ſous la dénomination d'*une femme qui paſſe pour attachée à l'héréſie*, d'avoir incité ſon mari à menacer ſon fils M. A. telle eſt encore la ſuppoſition que M. A. a été étranglé *après l'avoir fait mettre d'genoux*. D'ailleurs, les perſonnes ſont déſignées ſi clairement dans ce Monitoire, qu'il ſeroit impoſſible de s'y méprendre.

Si ce Monitoire eſt une preuve de la prévention des Officiers de l'Hôtel-de-Ville, on ne peut douter qu'il n'ait infiniment contribué à allumer le fanatiſme dans la Ville de Touloufe, & il n'y a que trop lieu de préſumer que les faits particuliers qu'il renferme, ayant paſſé de bouche en bouche, & fait l'objet des entretiens du peuple, n'aient ſervi à former les dépoſitions de pluſieurs Témoins.

Mais ce qui rend les Capitouls tout-à-fait inexcuſables, & ce qui acheve de prouver leur prévention, c'eſt d'avoir ordonné l'enterrement du cadavre avant le Jugement du Procès. Dès-lors que dans le principe, ils avoient ordonné que le cadavre ſeroit embaumé & mis dans la chaux vive, il eſt naturel d'en conclure qu'ils avoient ſuppoſé qu'il pourroit y avoir lieu de lui faire ſon Procès pour crime de ſuicide. En tout cas, une des principales queſtions qu'on avoit élevées, étoit de ſavoir ſi M. A. Calas étoit mort Catholique ou Proteſtant, puiſque ſes parens étoient accuſés de l'avoir aſſaſſiné en haine de ſa prétendue converſion.

Or, il eſt certain que ſi M. A. étoit mort Proteſtant, ou s'il étoit coupable de ſuicide, il n'étoit pas dans le cas d'être enterré en Terre ſainte. Par conſéquent, en ordonnant qu'il ſeroit inhumé dans le cimetiere de ſa Paroiſſe, les Capitouls ont jugé d'avance les deux principales queſtions du Procès, ſavoir, que le défunt étoit mort Catholique & qu'il ne s'étoit pas défait lui-même; & ils ont préjugé ces deux queſtions importantes ſans aucune néceſſité, puiſque le cadavre étoit à l'abri de la corruption, par la précaution qu'ils avoient priſe de le faire embaumer. Par-là, ils ont augmenté la fureur & le fanatiſme du peuple, & ils ſe ſont mis, pour-ainſi-dire, dans la néceſſité de condamner les Accuſés. Du moins, ils leur ont enlevé les deux plus puiſſans moyens qu'ils puſſent avoir pour opérer leur juſtification.

On ne peut s'empêcher d'attribuer à cette prévention des Capitouls, ſi marquée dans toutes leurs démarches, les fautes groſſieres qu'ils

ont commifes dans la procédure, & l'inobferva-
tion des regles prefcrites par les Ordonnances.
En général, on ne peut douter que les contraventions aux Ordonnances ne foient un moyen
de prife à partie contre les Juges. L'Article VIII
du tit. I de l'Ordonnance de 1667, en contient
une difpofition expreffe. *Déclarons* (porte cet
article) *tous Arrêts & Jugemens qui feront
donnés contre la difpofition de nos Ordonnances, Edits & Déclarations, nuls & de nul effet
& valeur, & les Juges qui les auront rendus,
refponfables des dommages & intérêts des Parties, ainfi qu'il fera par nous avifé.*

Si, dans toutes fortes de matieres, l'inobfer-
vation des Ordonnances, eft un moyen de prife
à partie, à plus forte raifon ne peut-on révo-
quer cette maxime en doute, lorfqu'il s'agit
d'un Procès-criminel, où les fautes des Juges
peuvent coûter l'honneur & la vie à des Citoyens innocens. On peut voir, à ce fujet, les art.
CXLII & CXLIII de l'Ordonnance de Villers-
Cotterets. *Les Juges*, dit le Légiflateur, *qui feront trouvés avoir fait faute notable en l'expédition
des Procès-criminels, feront condamnés en groffes
amendes envers nous pour la premiere fois, &, pour
la feconde, feront fufpendus de leurs offices pour un*

an,

an, &, *pour la troisieme,* privés de leursdits offices ;
& déclarés inhabiles de tenir offices royaux ; *&*
néanmoins feront condamnés en tous dépens, dommages *&* intérêts des *Parties,* qui feront taxés ou
modérés felon la qualité ou matiere.

Mais les fautes des Juges en matiere criminelle font encore plus puniffables, lorfqu'elles
proviennent manifeftement d'une prévention
aveugle contre les Accufés, & qu'il paroît que
cette prévention a été la caufe primitive de leur
négligence à obferver les regles prefcrites par les
loix pour prévenir la furprife, & conferver aux
Accufés leurs moyens de défenfe. Alors la négligence des Juges doit être regardée comme un
véritable dol, & doit produire, contre eux, les mê-
mes effets.

Enfin, les fuites effroyables qu'ont eues les
fautes commifes par les Capitouls, par la mort
cruelle & ignominieufe de Calas, pere, forment
une raifon bien preffante de prononcer, contre les
auteurs de cette funefte cataftrophe, des con-
damnations proportionnées, s'il fe peut, au tort
inexprimable qu'ils ont caufé à cette malheu-
reufe famille. Que ferviroit-il en effet aux Accufés d'obtenir une décharge de l'accufation, s'ils
reftoient toujours dans la mifere & dans l'op-

C

preſſion ? On ne craint pas de le dire; il eſt de l'honneur de la Juſtice qu'ils obtiennent toute la ſatisfaction qu'ils peuvent eſpérer dans de ſi triſtes circonſtances ; & il eſt également de l'intérêt de tous les citoyens qu'il ſoit fait un exemple, puiſque, s'il en étoit autrement, les Juges, établis pour veiller à leur ſûreté & à leur tranquillité, deviendroient, au contraire, l'objet de leur terreur.

Entre beaucoup d'exemples qu'on pourroit citer de priſes à partie, entrepriſes avec ſuccès contre les Juges qui s'étoient écartés de leur devoir, on ſe bornera à un ſeul qui regarde la Cour des Monnoies de Paris.

Cette Cour avoit condamné Jacques Aubry, Maître Charpentier, & Soldat aux Gardes, à ſubir la queſtion ordinaire & extraordinaire, ſans autre preuve que des indices arbitraires, au lieu que, ſuivant l'Ordonnance, il faut une *preuve conſidérable*. Le malheureux Aubry ſuccombant aux douleurs de la queſtion, avoua le crime, & fut, en conſéquence, condamné à mort par Arrêt de la Cour des Monnoies, du 3 Mars 1691.

L'innocence de Jacques Aubry ayant été depuis reconnue, ſa veuve obtint des Lettres de révifion du Procès , adreffées à la Chambre de la Tournelle du Parlement de Paris , qui , par Arrêt du 18 Février 1704 , remit les Parties en tel & femblable état qu'elles étoient avant celui du 3 Mars 1691 , & permit de prendre à partie les Juges de la Cour des Monnoies qui avoient procédé au Jugement du Procès.

Dans ces circonftances , l'affaire fut évoquée au Confeil , & , par Arrêt rendu au rapport de M. Maboul, Maître des Requêtes, le 15 Décembre 1708 , le Rapporteur , le Commiffaire & les Juges de la Cour des Monnoies, qui avoient affifté au Jugement du Procès de Jacques Aubry , furent déclarés bien & duement pris à partie , & condamnés folidairement en fix mille livres de dommages & intérêts , & en tous les dépens faits, tant au Confeil, qu'aux Requêtes de l'Hôtel & au Parlement.

Cet Arrêt prouve que les contraventions aux Ordonnances , la prévention & la précipitation des Juges , font des moyens valables de prife à partie ; & comme ces vices fe montrent manifeftement dans la procédure faite par les Capitouls contre la famille Calas , & qu'ils ont eu les plus terribles fuites , on eftime que les enfans font bien fondés à prendre la même voie, & qu'ils doivent efpérer d'obtenir toute la fatisfaction dûe à l'énormité de leur défaftre.

Délibéré à Paris, ce 22 Janvier 1765. *Signé*, DE LAMBON, MALLARD, D'OUTREMONT, MARIETTE, GERBIER, LEGOUVÉ, LOISEAU DE MAULEON, ELIE DE BEAUMONT.

De l'Imprimerie de P. DE LORMEL, rue du Foin Saint Jacques, 1765.